어머니 우리 어머니

어머니 우리 어머니

문성모 시집

사랑하는 어머니
최성순 여사가
올해로 107세가 되셨습니다.

먼저 하나님께 감사드리며
사랑으로 키워준 자녀들
우뚝 세워주신 가문
감사의 마음을 담아
시를 짓고 책을 만들어 어머니께 바칩니다.
둥글게 달 뜨는 밤 기쁨으로 읽어주세요.

2022년 3월 15일(음, 2월 13일 어머니 생신에)
자녀/손주/증손/고손 모두 올림

차 례

● 시인의 말

제1부 유년

제3부 어머니가 남긴 것

제1부

유년

기찻길 건널목

어머니가 뛴다
뛰고 또 뛰었다
어린 아들 업고
달려오는 기차와 속도전을 벌이며 뛰었다

그렇게나 멀리서 보이던
콩알만 한 기차가
벌써 코앞이다

기관사의 욕 하는 소리
어머니의 거친 숨소리

그야말로 간발의 차이로
어머니는 기차보다 앞서
건널목 저편으로 나뒹굴었다

세상이 뒤집어졌다

나무가 뿌리째 뽑혔다
우주가 창조 이전의 혼돈처럼
뒤엉키고 흑암 속으로 빨려들었다

그 혼돈 속에 말씀이 들리고
흑암 속에 빛이 들어왔다

어린 아들 다쳤을까
살피는 어머니의 눈과 마주친 나

그냥 울었다
난생처음 대하는 혼돈과 흑암이 무서웠다

어머니가 잘못 판단한 것은 아니겠지
기차가 속도위반을 한 거야

나는 오늘 기찻길 건널목에 그때처럼 서 있다

기차가 오는 쪽을 노려보며 속도전을 준비한다

마침내 기차가 들어온다
패잔병처럼 천천히 다가온다
백기를 들었나?
예전의 칙칙폭폭 소리를 내던 기백도 없다

이제 기차와 속도전을 벌일 일은 없다

건널목 너머에 어머니가 보인다
기차를 먼저 보내버리고
천천히 손으로 V자를 그리며
어머니에게 다가간다

다듬이 소리

어머니는 가끔 다듬이 방망이질을 하셨다
흰 빨래를 말려 다듬잇돌 위에 놓고
밤색 방망이로 연신 내리치며 방망이질을 하셨다
그 방망이 소리를 어떻게 표현해야 할까?
또닥또닥
딸깍딸깍
까강까강

아니다
이런 소리가 아니다

어머니의 방망이 소리는 강하지만
아름답고 투명한 울림의 소리다

그리고 한쪽 방망이는 분명 '레' 음정이고
다른 쪽 방망이는 조금 높은 '미' 소리를 낸다
레미레미 레미레미 레미……

한도 끝도 없이 듣다 보면
'레미'가 아니다
저 소리는 분명 '미레'이다

다시 들으니
이건 의미 없는 '미레'가 아니라
밝은 '미래未來'를 예언하는
희망의 노래이다

어머니의 다듬잇방망이 소리는
먹구름 헤쳐 푸른 하늘을 열고
고난을 감사로 승화시키는
믿음의 장단이다

손목시계

어머니의 손목에는
네모난 시계가 채워져 있습니다

어머니는 가끔
무표정한 얼굴로 시계에 밥을 주었습니다

어머니의 시계는
일주일에 한 번은 세워놓고
비뚤어진 시간을 맞추어야 했습니다

어머니의 마음에는
모난 자식의 시계가 채워져 있습니다

어머니는 삼시 세끼
웃는 얼굴로 자식에게 밥을 주었습니다

어머니의 자식은

매일 세워놓고

엇나간 마음을 바로 맞추어야 했습니다

어머니는 고장 난 시계를 버렸지만

못난 자식은 버리지 않고

품에 안아 고쳐서

사람을 만들어 주셨습니다

호롱불

호롱불 밝힌 저녁
방안 가득 노오란 사랑의 향기가 가득하다

말없이 타들어 가는 작은 심지는
심장으로부터 뻗은 동맥의 피를 토하며
스러져가고 있다

호롱불 밝힌 저녁 방안에서
어머니는 바느질하시고
소년은 대망의 꿈을 꾸며 공부를 한다

호롱불 등잔대 허리를 잡고
어머니는 내 앉은뱅이책상으로 가까이 옮긴다
어머니의 자리가 심지처럼 검어진다

붉고 노오란 불꽃이 잠시 출렁이다
이내 올곧게 자리한다

밝은 불빛의 떨림 뒤로
어머니의 모습이 어둠 속에 가물거린다

사랑은 희생인 것을
심지처럼 몸을 불태워 빛을 밝히는 것을
어둠의 자리로 물러 밝음을 양보하는 것을

어머니로부터
호롱불 사랑을 배웠다

화롯불

화로에 담긴 불덩이는 섣달그믐 밤에 더욱 달아올랐다
검게 탄 묵은 딱지를 헤집고 나온 푸른빛의 붉음은
어린아이의 눈동자처럼 맑게 빛을 내고 있다

이 밤 어둠의 딱지가 벗겨지는 시간에
새해의 붉음은 아이의 순결함을 머금은 채
온 세상을 비추는 옥동자로 태어나리라

어머니의 손에 들려진 부젓가락 한 쌍이
화롯불 위에 제물을 얹는다
붉은 열기가 제물을 태우며 익어가는 밤
구수한 향기가 온 방 안에 퍼진다

어머니의 손이 제물을 꺼내어
그 검게 탄 딱지를 벗긴다
노오란 빛깔의 제물은 어머니의 손에 안겨
갓 태어난 아이처럼 순결함을 드러낸다

갓난이 살결처럼 부드러운 속살을 취한다

온몸으로 퍼지는 따뜻한 치유의 기운을 느낀다
해묵은 상처의 딱지 껍질이 벗겨진다
굳어버린 마음 살의 딱지를 뚫고
해맑은 빛의 옥동자 같은 연한 새살이 돋아나고 있다

해마다 섣달그믐 밤에는
어머니와 함께 화롯불 가에 앉아
태워진 제물의 딱지를 걷어내고
속살을 취한다

어머니는 할머니였다

유치원에 갈 때마다 나는 엄마와 함께 갔다
은색 비녀를 꼽고 토끼털 조끼를 입고
옅은 회색 한복을 입은 어머니는
젊고 예쁜 엄마들 속에서
할머니였다

열여섯 살에 시집가서
큰딸 낳고
둘째 셋째 넷째 다섯째 딸을 낳고
죽은 넷째 가슴에 품고 울다가
드디어 바라고 바라던 아들을 낳아
소원 이룬 우리 어머니

이제는 태의 문을 닫고
기르기를 여섯 해
예정에도 없던 내가 태어났다

서른아홉

당시로써는 할머니가 맞았다

큰딸이 또 딸을 낳았으니 어머니는 할머니였다

내가 유치원 다닐 무렵 우리 어머니는

40대 중반의 여인이었다

지금이야 젊음의 끝자락에 매달려 있는 나이지만

어머니에게는 할머니 조끼에 은비녀가 어울렸다

106세가 되신 우리 어머니는 할머니다

40대 중반의 할머니에서

100세 중반의 조금 더 주름살이 늘어난 할머니다

우리 어머니는 여전히 할머니 그대로인데

나는 유치원 꼬마에서 어느덧

60대 중반의 할아버지가 되었다

나도 손주가 있으니 할아버지가 맞다

어머니에게 멈추어버린 듯한 세월이
나의 이마에는 참으로 빨리 흘렀다

내가 할아버지가 되고 보니
어머니가 할머니로 안 보인다
곱디고운 여인으로 내 눈앞에
어머니의 세월이 역류하고 있다

어머니는 여전히
나를 낳으실 때의 나이 서른아홉이다

그리고 나는 여전히
어머니의 막내아들이다

등목

부채밖에 없던 시절 여름 태양 열기는
나를 패잔병으로 만들었다.
팔을 걷어붙인 어머니가 여전사처럼 나타났다.

꼬리처럼 긴 갈기를 가진 준마 머리 모양의
수도 펌프에 마중물 한 바가지를 먹인다.
어머니와 함께 준마의 갈기를 힘껏 잡아 내리며 공
격 신호를 보낸다.

어머니의 명령을 따라 펌프 주둥이 속에서
복병처럼 숨어 있던 물이 쏟아져 나온다.
어머니는 더위가 묶어놓은 포승줄 같은
물 반 소금 반 내 난닝구를 벗긴다.
포로수용소에 갇힌 패잔병처럼 앙상한 가슴에
갈비뼈가 드러난 말라깽이 아이의 모습이 가엽다.

아랫도리 허리춤을 한번 접어 내리며 전투태세를 갖

춘다.

공격을 시작하는 병사처럼 머리를 낮추고
엎드려뻗쳐 자세로 더위를 노려본다.
이제 적을 물리칠 대군을 기다린다.
긴장된 순간이 흐른다.

얼음장같이 차가운 심장을 가진 물의 습격이 시작된다.
물러가는 적을 추격하듯 어머니의 비누 묻은 손이
내 등에서 저항하는 더위를 쓸어내린다.
까칠한 여전사의 손바닥 감촉에 더위는 달아나고
웃음이 터져 나온다.
겨드랑이 사이로 숨어 있는 더위를 수색하듯
엄마 손이 접근하자 웃음은 폭소로 변한다.

세상이 지진 난 듯 요동친다.
하마터면 전투 자세를 잃고 넘어질 뻔하였다.
쓰러지려는 나를 붙잡아 세운 여전사의 옷이 다 젖

었다.

물의 공격은 계속 허리에서 머리로 몰아친다.

드디어 더위가 혼비백산하며 완전히 물러갔다.

몸이 시원해지고 마음도 개운해졌다.

오늘의 개선장군은 어머니다.

그의 손놀림에 물이 백만대군처럼 움직여

더위도 물리치고 시원한 웃음 고지를 탈환하였다.

유치원 졸업 사진

어머니의 토끼털 조끼(배자)에는
토끼털이 없었습니다

꽃무늬 은색 조끼에는
누렁이 색깔의 이름 모를 털이
가지런히 띠 둘러 있었습니다

어머니는
비단 치마저고리 대신
값싼 흰 무명옷에
볼품없는 조끼를 걸치시고
부끄럼 없이 사진기 앞에
아들과 함께 서셨습니다

유치원 졸업식에 찍어둔
사진 한 장을 물끄러미 바라봅니다

옷이 날개라지만
사진 속의 어머니에게는
까까머리 아들이 옷이고
졸업장을 받아든 아들이 날개였습니다

무명옷의 어머니는
토끼 같은 막내아들을 비단옷 삼아
세상이 부럽지 않은 듯
은은한 미소를 남기셨습니다

머리 단장

빛바랜 색경 앞에
머리를 풀어 여인으로 변신한다

머리 매무새를 다듬는 빗은
세월을 거꾸로 가게 하는 마법사처럼
어머니의 젊음을 조각해 나간다

발라진 머릿기름이 후광처럼
성녀聖女의 광채를 발한다

까만 머리 뭉치를 꿰뚫고 자리한
국화같이 소박하고 은은한
은빛 비녀의 자태 속에
어머니의 단아한 여인의 향기가
바람을 타고 들어오는 봄꽃 내음처럼
온 집안에 기氣를 깃들게 하며
그늘진 어둠의 장막을 거두어 낸다

버선

버선 신은 어머니의 발은
흰 고무신과 만나
순백의 춤사위를 이어가며
교회로 향한다

어머니는 주일이 되면
하얀 새 버선을 꺼내 신고
흰옷을 입고
하늘을 날 듯
사뿐한 걸음으로
교회 계단을 오른다

늦걸음으로 따라 올라가며 올려다보니
푸른 하늘 흰 구름에 싸여
어머니는 천사처럼
하늘로 승천하고 있었다

만두

어린 시절
만두를 좋아하던 나를 위해
어머니가 들고 들어온 밥상엔 가끔
만둣국이 놓여 있었다

어머니가 만든 이북식 만두는
주먹만 한 크기에 배가 불러 있었다

어머니 만두는 한 덩어리가 밥 한 끼다
만둣국에는 세 덩이가 있었다
두 개를 먹었다
포기해야 할 시간이다

"맛있냐? 더 먹어라"
어머니의 좋아하는 모습에
나는 언덕을 오르다 쉬다 하는 할배처럼
먹다 쉬다를 반복하며 기어이

마지막 만두 덩이를 입에 넣었다

어머니의 만족한 표정에
내 배는 자꾸 넣어도 들어가는
요술 자루가 되어갔다

세수

어머니가 세수를 시켜 주신다
목에 수건을 감고
귀가 찌그러진 대야에 물을 담아
물 묻은 손으로 얼굴을 닦아 주신다

비누를 바른다고 눈을 꼭 감으란다
까칠까칠한 어머니의 손바닥 촉감에
비눗물이 잘도 씻겨나간다

마지막 수건으로 눈을 닦아주시면
세상을 다시 보는 쾌감에
즐거웠다

누나가 세수를 시켜준단다
목에 수건을 감고
양은 대야에 물을 담아 얼굴을 닦는다

비누를 바른다고 눈을 감으란다
누나의 손바닥은 매끈매끈하여
비눗물이 아무리 씻어도 그냥 남아 있는 느낌이다
신경질이 난다

마지막 수건으로 눈을 닦았는데도
눈에 비눗물이 들어가 아려왔다
다시 보는 세상이 눈물에 가려
서러웠다

인두

어머니의 손이 인두를 잡고
붉게 달아오른 쇠뭉치로
지진다

쭈글쭈글하던 옷이 반듯하게
펴진다

모자
윗도리
아랫도리
버선의 굴곡이 평지가 된다

어머니의 손이 회초리를 들고
붉게 달아오른 언어로 나를
지진다

삐뚤빼뚤하던 마음이 반듯하게
펴진다

머리와
가슴과
손과 발의 굴곡이
평지가 된다

어머니의 손이 회초리를 들지 못하던 시절부터
주름 팬 얼굴과
세파에 찌그러진 마음과
욕망이 남긴 상처의 굴곡이 쌓여갔다

주름이 지나치면 골을 펼 수 없고
상처가 오래가면 흉터로 남듯
나는 그냥 이대로 점점 찌그러지며 일그러지고 있다

나이를 먹어가며
어머니의 손이 그리워진다

골무

어머니는 안경을 쓰고
바늘에 실을 꿰려고 몇 번이나 실을 비빈다
겨우 낙타가 바늘귀로 들어가듯 실 머리가 통과하였다
어머니의 낙타도 바늘귀를 통과했다

어머니의 손가락에 골무가 물려 있다
구멍 날 것처럼 색색 가죽이 해어져 있다
어머니의 오른손 검지도 피멍 든 굳은살 박혀 있다

어머니는 골무의 온전한 가장자리로 옮겨
바늘 머리를 힘껏 밀어낸다

수십 번의 골무와 바늘의 싸움은
골무의 승리로 끝이 났다
어머니에게 휴식과 평화가 찾아왔다

곧추세운 어머니의 손가락에 끼워진

낡고 헤진 골무는
험한 전쟁에서 승리한 상처투성이의
백전노장의 투구를 닮았다

윷놀이

철부지 시절
내가 이길 때까지
윷놀이가 끝난 적이 없다

누나들은 내가 우는 게 재미있어서
계속 이겨 먹다가
나중에야 겨우 져주었다

어머니와 함께 윷놀이하면
단번에 끝장이 났다

져주면서 이기는 사랑을
어머니에게서 배웠다

교자상

비스듬히 누워 눈을 뜬다
작은 교자상이 한쪽 구석에
초대받지 않은 손님처럼 수줍게 웅크리고 있다

밥상을 사뿐히 둘러싼 앙증맞은 보자기가 아름답다
청색 홍색 연두색 노란색 진남색으로 누빈 오색 조
각이
짝을 맞추고 분수에 맞게 자리한 모습이 평화롭다

보자기는 복福을 싸두고 간직하는 거라지!
저 속에 분명 복덩이가 들었을 게야

단아하고 정숙한 여인네의 오색 저고리를 풀듯
숨겨놓은 보물을 찾아 비밀의 동굴을 탐험하듯
복덩이를 훔치는 도둑처럼 호기심과 떨리는 마음으로
보자기에 손을 대어 열어 본다

쌀 반 보리 반 섞인 밥그릇과 된장국
김치와 멸치 그리고 계란후라이가 전부였다
돈덩이도 금덩이도 없었다
어머니는 분명 보물을 어디에 숨겨놓았을 게다

놋수저로 국 한술
김치 한 점 얹어 밥 한술
입에 넣는다

옳지!
바로 이 맛이다
보물이 여기 있었네

한술 한술에 몸에 복이 굴러들어오듯
힘이 생기고
생기가 돌고
정신이 맑아진다

교자상이 금세 가벼워졌다
놋그릇과 수저가
내 손을 잡고 춤을 추며
살을 맞대고 맑은소리로 노래를 한다

어머니는 교자상에
사랑을 담아 놓고 외출하셨다

어머니의 등에 업혀

어린 시절 어머니 등에 업혀
비스듬히 지나가는 세상을 바라보았습니다

어머니만 한 눈높이에서
세상을 보며 두려움이 없었습니다

세상은 내 발밑에 있었고
사람들은 나를 중심으로
웃기도 하고 손뼉을 쳤습니다

내가 세상의 주인공이었던
어머니 등에 업혀 지내던
그 시절이 그립습니다

세파에 시달리며
초라해지고 자신감을 잃은 나를
어머니는 오늘도 등에 업으시고

내가 세상의 주인공임을
다정한 목소리로 인정해 주십니다

오늘도
따뜻한 어머니의 등에 업히면
나를 응원하는 정겨운 심장 소리와 함께
세상에 어떤 것도 부럽지 않습니다

어머니의 새벽 찬송

내가 아주 어렸을 때
어머니는 새벽기도회에 갔다 오시면
가마솥에 장작불로 아침밥을 지으시며
찬송을 부르셨다

부엌에서 안방으로 밥상을 들이기 위해 만든
작은 쪽문 틈으로 새어 나오는
매일 새벽 어머니의 찬송 소리는
잠결에 들리던 천상의 음악이었다

"내 주를 가까이 하려 함은 십자가 짐 같은 고생이나"
"나의 갈길 다 가도록 예수 인도하시니"
"내 영혼이 은총 입어 중한 죄짐 벗고 보니"

어머니의 찬송 소리가 점점 선명해지면
나는 더욱 이불속을 파고들었다
그러면 그럴수록 찬송 소리는

더 또렷하게 나를 깨우고 있었다

비극이 시작되었다
어머니의 찬송 소리가 들리지 않는다
신비로움이 상실된 아침이 너무 서럽다

어머니의 찬송 소리와 함께 하루를 시작하고 싶다
비몽사몽의 아침결에 들리던 천상의 소리가 그립다

오늘도 어제처럼
동심이 허락되지 않는 아침을 맞는다
어머니의 새벽 찬송을 그리워하면서

어머니의 자장가

자장 자장 자장 자장
우리 아기 잘도 잔다
멍멍 개야 짖지 말고
꼬꼬 닭아 우지 마라
자장 자장 자장 자장
우리 아가 잘도 잔다

어머니의 자장가는
매일 그 장단에 그 타령이십니다

그러나 백날을 들어도 천날을 들어도
물리지 않고 언제나 새롭게 들리는
최고의 명곡입니다

어린 시절
어머니의 자장가 소리를 타고
동화의 나라로 날아가
행복의 네 잎 클로버를 베개 삼아

단잠을 잤습니다

어른이 된 지금
어머니의 자장가 소리를 들을 수 없기에
불면의 밤이 이어집니다

이리와 승냥이 떼의 울음소리 가득한
광야 같은 세상에서
곤한 나를 편히 잠들게 하는 것은
어머니의 자장가뿐입니다

훗날
내가 눈을 감을 때도
어머니의 자장가를 들을 수 있다면
행복하게
너무 행복하게
고이 잠이 들것만 같습니다

이인삼각 놀이

어린 시절 운동회 날
어머니와 이인삼각 놀이를 해보았습니다
어머니와 발을 맞추어 걷기도 하고 뛰기도 하였습니다

내가 욕심을 내어 서두르면 넘어졌습니다
내가 넘어져도 어머니는 화를 내는 법이 없었습니다
내 손을 잡아주시는 어머니의 손에 이끌려
다시 일어나 뛰었습니다
내가 게을러 뒤처져도 어머니는 재촉하지 않았습니다

나는 어머니와 보조를 맞추지 못하였지만
어머니는 나의 발걸음에 항상 속도를 맞추고
등을 밀어주시며 함께 걸어갔습니다

어머니처럼
나의 서두름도
게으름도

넘어짐도

모두 맞추어 함께 걷는

꼭 맞는 이인삼각 파트너가

세상에 다시 없을 것 같아 아쉽기만 합니다

케리의 추억

우리 집 개 케리는 누렁이였다
나는 케리와 함께 밥을 먹고
등에 올라 말 탄 시늉도 하고
땅바닥에 뒹굴고 같이 달리기를 하였다
어린 시절 케리는 내 친구였다

어느 날 케리가 메리를 낳았다
강아지 메리는 여자였다
메리를 돌보는 케리는 엄마였다
둘은 시종 입으로 핥고 눈을 맞추며 지냈다
케리와 메리는 내 친구이자 동생이었다

어느 해 가을이었던가
어머니가 쥐약을 집 밖 곳곳에 놓았는데
케리가 그 쥐약을 먹고 마루 아래서
거품을 물고 버둥거렸다

죽었다
케리가 움직이지 않을 때까지
어머니는 살려보려고 갖은 방법을 다 써보았다

어머니가 눈물을 흘리며 케리를 불렀다
나도 메리를 안고 울었다
태어나서 죽음을 처음 경험한 날이었다
죽음은 슬픈 이별인 것을 깨달은 날이었다

어머니는 땅을 파고 개를 묻었다
죽으면 흙으로 돌아가는 것을 배운 날이었다

가끔 케리가 죽었을 때 흘린
어머니의 눈물이 생각난다

이제 수없이 죽음을 경험한 나이에도
이별은 항상 슬프다

맷돌

어머니가 맷돌을 돌린다
나도 같이 잡고 돌린다

드르럭드르럭
귀를 울리고
마루를 울리고
가슴을 울린다

맷돌 위짝과 아래짝이
살을 부딪치며 뼈를 갈아
사랑의 먹거리를 만든다

콩이 두부가 되고
맹물이 콩물이 된다

이내 저녁상에
어머니 사랑이 올라온다

어머니의 살과 뼈를 부수는 희생이

행복의 밥상으로 내 앞에 놓여진다

엄마의 빨간 젖꼭지

막내인 탓에 늦게까지 엄마의 젖을 놓지 않았다
엄마 말로는 4살 때까지 빨았다고 한다

어느 날 엄마 젖꼭지가 빨갛게 변했다
엄마의 젖 맛도 변했다
엄마의 표정도 변했다

나는 더 이상 엄마 젖을 찾지 않았다

그때부터
나는 엄마를 찾기 시작했다

제2부

사모곡

가을의 상념想念

낙엽 지는 나무 한 아름 안고 어머니를 품어 본다
어머니의 손등처럼 터지고 까칠한 피부가 얼굴에 닿
는다

푸르던 계절 다 보내고
열매 주렁주렁 가슴에 품고
가을 인생을 넘어 겨울을 준비하는 고목의 자태는
어미를 닮았다

어머니는 자식 생각에
새순이 돋던 봄에도 가을을 준비하며 사셨다
뜨거운 태양이 작열하고 폭풍우가 몰아치던 여름에도
어머니의 계절은 이미 겨울 준비에 들어가 있었다

낙엽이 바람에 흩날리는 늦가을 초저녁
어둠이 맨살을 스치고 눈에 빛을 거두어 갈 무렵
내 마음 한구석에 촛불 하나 켜고 어머니를 그린다

어느덧 어머니의 계절을 살고 있는 초로初老 인생
그러나 아직도 어머니의 가슴에 묻혀버리고 싶은 동심

나는 아직 이 가을에 겨울을 준비하지 못하고 있다
어머니의 품에 안겨 사는 나에게는
아직 가을 인생도 오지 않았다

겨울 산

겨울 산이 쓸쓸한 것은
품엣자식 키워 보낸
어미의 마음입니다

겨울 산이 앙상한 것은
다 주고 더 주어서 남은 것이 없는
어미의 가슴입니다

겨울 산이 외로운 것은
메아리 없는 사랑에 공허해진
어미의 고독입니다

겨울 산에 부는 찬바람은
자식을 위해 끝까지 홀로 맞아야 하는
어미의 풍파입니다

겨울 산을 덮은 하얀 융단은

피안의 세계 이생을 준비하는
어미의 옷자락입니다

그래도
겨울 산에 푸르름이 남아 있음은
험한 세상 살아갈 자식에게 남겨 줄
어미의 유산입니다

겨울 산은
사랑이 무엇인가를 삶으로 보여준
가엽고 고마운 어미입니다

구원자

냇물에 조각배 띄워 시간의 물결 따라
흐르는 세월의 여행을 떠도는 방랑자

시간이 흐르고 내가 흘러 흘러
어느덧 멀리 떠나온 내 삶의 근원

급물살에 흔들리며 장애물에 부딪히면서도
손을 뻗어 잡고 싶은
점점 더 멀어져가는 내 생의 원초原初

구원은 본래의 자리로 돌아가는 것
원죄의 굴레를 벗고 다시 태어나는 것
나에게는 구원이 없다

사람이 거듭나는 길은
어머니 배 속에 들어가 다시 태어나는 것

그 근원으로 다시 거슬러 올라가
멈추어진 시간 속에서
모태의 씨앗으로 다시 시작하는 것

어머니는
나를 거듭나게 하시는 생명의 근원
저만치 흘러간 조각배를 거두어
다시 시작하게 하시는 구원자

낙엽을 안고

새순으로 봄비의 축복 속에 태어났다
꿈에도 잊을 수 없는 네온 연둣빛 너의 얼굴은
아침 안개 속에서도 빛이 났다

열심히 걸음마 하는 법을 배우고
새들과 노래하는 언어도 익혀가는
너의 하루하루는 호기심과 경이로움의 연속이었다

더운 여름
너는 땀 흘려 광합성 작용을 하고 엽록소를 방출하여
청청하고 성숙한 이파리를 펼쳐
지친 영혼의 안식처가 되었다

갑자기 몰려온 먹구름에도
천둥과 번개의 요란한 위협에도
새 부리에 찢기고
벌레가 속살을 파고들어도
너는 노랗게 익어가는 열매를 지켜낸 어미요 수호신

이다

품엣자식 같은 열매가 탐스러운 선악과처럼
먹음직하고 보암직하고 지혜롭게 할 만큼 노랗게
익어갈 때
너는 물기 빠져 만지면 부서질 듯한 마른 손짓으로
구멍 송송 고난이 송곳질한 마음을 바람에 실어
마지막 서러운 춤사위 한바탕을 마치고
대지를 향해 추락하다 내 품에 안긴다

야곱보다 더 험악한 세월이 할퀸 거친 피부
얽히고설킨 괴로운 삶의 흔적
너는 진정 어미로 살았구나

낙엽 하나 손에 쥐고
어머니를 가슴에 안고
거룩하고 숭고한 모정母情에 운다

목련잎 그늘 아래서

하얀 목련은
열매를 맺지 않는다

순백의 꽃잎은 금세 바람에 지고
푸르고 넓은 잎사귀가 그늘을 만든다

누가 "목련꽃 그늘 아래서"를 노래했나
목련꽃은 그늘을 만들지 못한다
짧은 꽃의 화려함을 뒤로하고
이내 넓은 잎사귀로 그늘을 만들어
쉼을 주는 목련의 일생은
어미를 닮았다

어머니도 꽃과 같은 화사하고 눈부신 얼굴에
순백의 아름다움을 지녔던 여인이었을 것이다
그러나 이내 그 화사한 여인의 시절을 접고
푸른 잎을 내어 오래오래 품엣자식에 쉼을 주는
어미가 되어 살았다

목련의 푸른 잎사귀는
그리 선망의 대상이 아니고
눈길을 끌지 못하는 평범함 속에
안식처를 제공한다

나는 그 그늘 아래서
베르테르의 편지를 읽고 사랑을 배웠다
구름꽃 피는 언덕을 바라보며 피리를 불었다

오래 화려한 꽃만을 자랑하며
돋친 가시로 상처를 주며
쉼을 주지도 못하는
잎사귀 초라한 장미는
결코 어미가 될 수 없다

목련잎 그늘 아래서
어머니를 그린다

빈방

먼 여행에서 돌아와
들어선 내 방이 낯설다

방이 나를 손님 대접하며 주인인 양
침묵의 권위로 주눅 들게 한다

방안의 거울이 내 전신을 훑어보며
의심의 눈초리로 노려본다

나는 노예처럼 발가벗겨진 채
더러운 먼지와 때를 정화시키려는
욕실의 요구에 의지 없이 끌려 들어간다

앙상한 내 몸뚱아리를
육중한 침대가 잡아당기며 누우란다
저항할 수 없는 완력에 못 이겨 털썩 자빠져버린다

드디어 해부학 실험실의 대상이 되었나 보다
죽음 같은 깊은 몽롱함에 정신을 잃었다

여기가 어디인가?
어머니의 팔베개 속에서 느꼈던
원초적 행복이 나를 둘러싼 채 밤이 흐르고
나는 다시 태어났다

어머니 젖무덤의 감촉을 빼앗기지 않으려고
다시 눈을 감았다

이제야 낯설지 않은 내 방이다

어머니일까?

아침 해는 오늘도 어김없이 떠올라
따스함을 대지에 뿌린다

바람이 숨죽인 아침 공기
병풍처럼 펼쳐진 산자락
거울같이 평평한 호수에 비친
산과 하늘이 마주한 데칼코마니

머얼리 호수 너머 아주 작게 보이는
손가락만 한 집에서 연기가 모락모락 피어오른다
어릴 적 우리 집 굴뚝 연기를 닮았다

한 노파의 모습이 내 동공 안에 들어온다

어머니일까?

사랑 타령 자장가

사랑이 내게로 와
날개를 접었네

사랑의 숨결 따라
너를 위한 자장가를 부르네

자장 자장 우리 아가
별님 같은 내 사랑아

자장 자장 우리 아가
달님 같은 내 사랑아

자장가의 장단을 타고 끝없이
깊이를 모르는 심연처럼
사랑이 꿈을 따라 펼쳐지는 밤

노래의 날개 위에 너를 안고 날아가
은하수 강가에 이야기꽃을 피우는 밤

시월의 사랑

사랑은
시월 감나무 사이로 언뜻언뜻 비치는
저녁 햇살의 숨바꼭질로 온다

사랑은
시월 엷은 옷깃 사이로 스며들어 온몸을 포옹하는
소슬한 바람의 속삭임으로 온다

사랑은
시월 푸르른 하늘을 수놓은 수채화처럼 담백한
하트 모양의 흰 구름을 타고 온다

사랑은
시월 어느 날 꿈에 날개를 달고 와
나에게 입맞춤한 어머니의 얼굴로 온다

첫사랑

내가 태어나기도 전에
나를 품어주신 이는
어머니 한 분뿐이십니다

내가 눈을 뜨기도 전에
나를 바라보신 이는
어머니 한 분뿐이십니다

내 입술이 아직 언어를 모를 때
나에게 사랑을 고백한 이는
어머니 한 분뿐이십니다

내게
어머니의 이름은
영원히 잊을 수 없는
가슴 저미는 첫사랑의 느낌입니다

그 사랑의 감동이
오늘 나를 살게 합니다

왜 사냐건

내게 사는 이유를 묻지 마세요
할 말이 없으니까요

내게 왜 할 말이 없느냐고 묻지 마세요
말할 줄을 모르니까요

내게 왜 말할 줄 모르냐고 묻지 마세요
말이 필요 없으니까요

쓸데없이 말이 많고 이유가 많아
세상이 시끄럽답니다

진짜 사랑에는 이유가 없어요
사랑은 이유를 넘어선 고귀한 감정이니까요

무덤덤하긴 하지만 매일의 삶이 가슴 찡한
사랑의 감정으로 이어져요

사는 이유는 모르겠지만
살아 있다는 것을 사랑해요

진짜 사랑에 이유가 없듯이
말없이 평범하게 사는 게 잘사는 거예요

어머니에게 한 번도 왜 사냐고 묻지 않았어요
할 말이 없으실 것 같아서요

주어진 삶의 굴레 이유를 묻지 않고
감당하며 끝까지 살아내신 어머니는
삶의 이유를 찾다가 자살해버린 어느 철학자보다
훨씬 잘 사신 분이에요

왜 사냐건
그냥 웃지요

나는 불효자였다

어머니가 말리셨다
꼭 가야 되겠느냐고

나는 떠나고 싶은 마음은 없으나 꼭 가고 싶었다
중학교 졸업을 앞둔 어린 아들이
서울에 있는 예술고등학교에 가겠다고
시험을 본다는 말에 어머니는 극구 말리셨다
고생해서 안 된다고 몇 번이고 말리셨다
내가 왜 어머니 말씀을 안 들었을까? 반항하듯
입학시험에 합격할 가능성도 없는데

그 고집은 불효였다
어머니의 마음에
걱정과 한숨만 남기고 가려고 한 것이 불효였다

아버지께서 가라고 하셨다
울면서 하신 말씀을 깨닫지 못했으니

나는 불효자였다

서울예술고등학교에 합격하였다
가능성도 없었는데 합격하였으니 뛸 듯이 기뻤다
또 한 번 울어야 할 어머니의 마음을
헤아리지 못하고 합격 통보를 했으니
나는 불효자가 맞다

등록금도 없었다
부자 학교에 가난한 아버지가 아들을 보내면서도
내색하지 않았다
그 표정을 읽지 못하였으니
나는 정말 불효자였다

서울에 올라간 나는 큰 누님 집에 맡겨졌다
어린 아들 서울에 두고 매일
어머니가 내 생각만 하시고 우셨는데

나는 또래 조카와 하루하루가 재미있었다
학교에 가면 여학생 천지라 또 재미있었다
엄마 생각할 겨를 없이 밥 잘 먹고 잘살았으니
나는 할 말 없는 불효자였다

다시
어머니가 말리셨다
꼭 가야 되겠느냐고

나는 떠나고 싶은 마음은 없으나 꼭 가고 싶었다
독일로 가서 공부를 계속하겠다는 아들의 말에
홀로되고 늙으신 어머니는 극구 말리셨다
고생해서 안 된다고 몇 번이고 말리셨다
내가 왜 어머니 말씀을 안 들었을까? 반항하듯
독일에서 박사학위 받을 가능성이 거의 없는데

그 고집은 불효였다

어머니의 마음에
걱정과 한숨만 남기고 가려 한 것이 불효였다

철없을 때의 불효를
철든 나이에도 똑같이 반복했으니
나는 입이 열 개라도 할 말 없는 불효자였다

어머니께서 가라고 하셨다
의지할 곳 없이 홀로 남은 어머니의
울면서 하신 말씀을 깨닫지 못했으니
나는 용서받을 수 없는 불효자였다

촛불

촛불은 저절로 불을 밝히지 못한다
누군가의 살갗이 부딪히며 긁힌 상처 위에 댕겨진
불을 받는다

노오란 생명의 불꽃이 흔들릴 때마다
까만 핏줄은 더 깊게 파고들어 뜨거워지며
살 녹여내려 불꽃을 유지한다

따뜻한 생명의 기운이 방안을 감싼다
알 수 없는 마음의 평화가 깃든다

희생의 파열음을 통해
생명을 발아發芽시킨
어머니의 자궁 속에 안긴 평안을 느낀다

꿈속에서 어머니를 만났네

꿈속에서 어머니를 정답게 만났네
내게로 사뿐히 다가오신 당신
품에 안겨 오랜만에 아주 오랜만에
하늘 평안 포근함을 가슴 깊이 맛보았네

꿈속에서 어머니를 가까이 만났네
웃으며 손잡고 마주 앉은 당신
손끝에서 전해지는 진한 사랑 온기
냉랭하던 삶의 자리 봄볕처럼 따사롭네

꿈속에서 어머니를 반가이 만났네
시간도 세월도 삼켜버린 당신
어린 자식 챙겨주던 음성 그대로네
무릎 베게 누워보니 요람처럼 행복해라

사모곡思母曲

(1)
나 어릴 적 어머니 품에 안기어
자장노래 들으며 잠이 들었네

어머니의 정겨운 손을 맞잡고
옛날얘기 들으며 웃음꽃을 피웠네

보고 싶은 어머니의 인자한 얼굴
오늘도 생각하며 하루를 사네

(2)
홀로되신 어머니 슬픔 속에도
나를 안고 간절히 기도하셨네

내 웃음에 어머니 시름을 잊고
내 눈물에 어머니 마음 아파하셨네

듣고 싶은 어머니의 다정한 음성
오늘도 마음속에 메아리치네

(3)
어린 몸이 어머니 사랑을 받고
어른 되어 어머니 품에 안길 때

어리석은 자식을 축복하면서
잘 되거라 웃으며 나를 안아주셨네

어머니의 큰 사랑을 갚을 길 없어
오늘도 하염없이 눈물 흘리네

'그냥 사랑'

사랑에 꼭 이유가 있는 것은 아닙니다
'그냥 사랑'이 순수한 사랑이니까요

'그냥 사랑'은 이유가 없기에 '왜?'라고 묻지 않습니다
그냥 나를 자식으로 사랑하셨기에
어머니의 사랑은 '그냥 사랑'입니다

'그냥 사랑'은 낭비성을 동반합니다
주고 또 주어도 한없이 더 주고 싶기에
어머니의 사랑은 '그냥 사랑'입니다

'그냥 사랑'은 논리를 뛰어넘습니다
나를 보고 뒤돌아서서 또 보고 싶어 하셨기에
보상 없이 모든 것을 희생한 사랑이기에
어머니의 사랑은 '그냥 사랑'입니다

'그냥 사랑'은 수식어가 없습니다

세상의 어떤 형용사를 다 갖다 붙여도
우주의 어떤 언어를 다 모아 조합해도
표현할 수 없고 형용할 수 없는 사랑이기에
어머니의 사랑은 '그냥 사랑'입니다

오늘 어머니의 품에 안겨
'그냥 사랑'을 온몸으로 느끼며
그냥 이유 없는 미소로 답하고 싶습니다

어머니의 사랑에 안겨
적신으로 한 몸 됨을 느끼며
이유 없이 그냥 행복하고 싶습니다

닮은꼴

내 얼굴이 어찌 생겼는지 나는 잘 모릅니다
내가 나를 본 적이 없으니까요

내 얼굴을 보기 위해 어머니를 봅니다
어머니의 얼굴에 내가 있으니까요

어머니는 내게 닮은 얼굴을 주셨습니다
내 생각과 습관과 마음 씀씀이가
모두 어머니를 닮았습니다

사랑하는 사람을 닮았다는 것은
행복이요 기쁨입니다

어머니로부터 받은 닮은꼴을
누구에겐가 전해주고 싶습니다

나도
누군가가 닮아 행복과 기쁨을 얻는
닮은꼴 어미가 되고 싶습니다

백발

험악한 세월을 타고 도둑처럼 까치발로
백발이 야금야금 담을 넘어 내게로 왔다

바쁘게 살았지만
못다 한 일 많아 부끄러운 인생

그러나
어머니의 아들이기에
어머니라 부를 당신이 계시기에
행복한 인생

이젠 백발이 대놓고 백주에 철판 깐 얼굴로
대문 박차고 들어오지만

그러나
백발도 어머니의 모습이기에
기꺼이 닮아가고픈 순명順命의 행복

나 아직 어린데 가끔은

가끔은
어머니가 안 계신 세상을
어찌 살까 두려워지기도 합니다

가끔은
어머니의 포근한 가슴에
얼굴을 묻고 울고 싶습니다

가끔은
어머니의 등에 업혀 느꼈던
행복을 다시 맛보고 싶습니다

가끔은
어머니의 회초리를 맞아보고 싶고
어머니의 잔소리를 들어보고 싶습니다

가끔은

열이 펄펄 나는 내 이마에 얹혀진
어머니의 까칠한 손 느낌이 그립습니다

가끔은
어린 나를 재워 놓으시고 눈물로 기도하시던
어머니의 기도 소리가 귓가에 맴돕니다

나 아직 어린데
벌써 아비가 되고 어미가 되었습니다

나 아직 준비가 덜 되었는데
품엣자식이 생겼습니다

나 아직 세상 물정을 모르는데
홀로 자식을 먹여 살리는
표범이 된 느낌입니다

마치

수백 명의 눈초리가 지켜보는 무대에

갑자기 서게 된 새내기 가수처럼

당황하며 정신없이 세상을 살아갑니다

나 아직 어린데

가끔은

어머니가 너무너무 보고 싶습니다

고독의 한 가운데서

아테네 학당의 계단에
혼자 주저앉아 있는 디오게네스처럼
고독의 긴 터널을 지나갑니다

"사람을 찾고 있다네"
벌건 대낮에 손에 등불을 켜고
길거리를 헤매던 디오게네스처럼
외로움의 한 가운데를 걸어갑니다

사람을 보아도 가슴이 뛰지 않고
사람을 만나도 사랑할 줄 모르고
사람을 만져도 감동이 없는 얼이 빠진
저 혼백 없는 유령들의 무리 속에서
나도 석고상처럼 죽어가고 있습니다

사람이 없는 세상인 줄을 그때는 몰랐습니다
어머니가 곁에서 나를 보고 웃으시던 그때까지는
정말 철없는 아이였습니다

삶이 너무 힘들 땐

삶이 너무 힘들 땐
발부리에 걸리는 돌멩이도
채여 넘어지는 장애물이다

삶이 너무 힘들 땐
돌아서서 왔던 길을 바라보며
되돌아갈 수 없음에 절망할 기운도 없다

삶이 너무 힘들 땐
꾸역꾸역 넘겨야 할 밥 한술이
들어갈 자리를 찾지 못하여 입가에서 맴돈다

삶이 너무 힘들 땐
이젠 기대어 품에 안길 수조차 없이 약해진 어머니의
그 옛날 넉넉하고 포근했던 품이 그리워진다

아리랑 열두 고개보다도 더 많은 고비를 넘어왔던

어머니의 질곡의 삶에 비하면
내가 힘들다는 말은 너무 사치스럽다

어머니의 삶을 기억하기에
아직은 살만하다

행복합니다

어머니의 자식으로 태어나
행복합니다

어머니의 사랑을 받고 자라나
정말 행복합니다

받은 사랑에 조금이나마 감사할 수 있어서
너무너무 행복합니다

그리고
내가 눈을 감을 때
어머니가 반겨주실 천국이 있어서
영원히 행복합니다

갈릴리 바다에서

갈릴리의 넘실대는 푸른 바다는
삶의 노래 가르쳐준 어머니의 마음

갈릴리의 떠오르는 아침 햇살은
희망 노래 들려주신 어머니의 찬송

갈릴리의 구성진 갈매기의 울음은
주님 은혜 가르쳐준 어머니의 기도

갈릴리의 비바람이 남긴 무지개는
모진 세파 이기게 한 어머니의 약속

닭소리

스멀스멀
물안개가 피어오른다
구름 속의 신선이 되어
안개 더미에 보이지 않는 길을 헤치며 걷는다

구악구악
검은 새가 머리 위를 날며 음산한 분위기를 연출한다

풍당풍당
호수의 물고기 가족들이 파문을 일으키며 요동친다

꼬꼬데엑 꼬꼬데엑 꼬오옥 꼬꼬
멀리서 바람결을 탄 수탉 소리가 처량하고 구슬프게
들려온다
새끼 닭의 오늘 하루 운명을 걱정하며 곡하는 소리
일까?

아침에 오늘 하루를 생각하는 마음이 어지럽다

어머니가 보고 싶다

여자의 일생

여자로 살고

어머니로 죽는다

오월의 장미

오월이 지나가는 아침
장미 다발이 거리마다 나를 반긴다

아름다운 오월에 누군가를
장미 다발과 함께 품고 싶다

오월이 지나가는 오후
장미 잎 속에 어머니가 나를 반긴다

아름다운 오월 장미 다발 속에 묻혀
어머니의 품에 안기고 싶다

마더스 데이Mother's Day

초강대국 미국에서 맞는
마더스 데이Mother's Day

음식점마다 사람들로 북적이고
어머니가 주인공이 되는 날

어머니를 향한 감사의 전화와 선물이 오가는
보기 드문 인정 넘치는 날

돈벌이에 시달리고 직장 일에 지친
어머니의 가슴에 안겨진
꽃다발이 그렇게도 아름다운 날

초강대국 미국을 움직이는
어머니의 부드러운 혈맥을 느껴본 날

제3부

어머니가 남긴 것

어머니의 서시序詩

어머니의 사랑은
하늘을 우러러 한 점 부끄럼 없는
그런 사랑이었습니다

어머니의 사랑은
'작은 신음에도 응답하시는'
하늘 아버지의 사랑을 닮았기에
잎새에 이는 바람에도
나의 아픔을 감지하십니다

어머니는
죽음같이 어두운 고뇌와 아픔을
하늘의 별 하나하나로 만드시어
별을 노래하듯이
아름다운 이야기에 담아
내게 들려주셨습니다

오늘 밤에도
바람을 타고 온 별들의 전설이
어머니의 음성으로
귓가에 들려옵니다

어머니와의 사랑 이야기로
오늘 밤은
잠 못 이루는 별과 함께 뜬눈입니다

어머니가 아프다

어머니가 아프다
내가 아프다

혼수상태에서
구원의 마지막 여망을 찾듯
모깃소리만 한 어머니의 신음소리
"엄마! 엄마!"

아흔다섯 연륜에도 마지막 위로의 존재는
먼저 간 남편도 딸도 아들도 아닌
'엄마'인가?

이 삭막한 세상의 아비규환에
'엄마'는 마지막까지
나의 우군
나의 위로
논리와 윤리의 한계를 넘는

내리사랑의 화신

나의 마지막 삶의 시간에도
불러야 할 이름
"엄마!"

어머니가 아프다
내가 아프다

어머니는 거울입니다

어머니는 거울입니다
내가 웃으면 어머니도 웃으십니다
내가 우울하면 어머니도 우울한 표정이십니다

어머니는 거울입니다
내 얼굴에 묻은 때를
어머니는 조용히 보여주십니다
내 흐트러진 옷매무새를
부드러운 손길로 바로잡아주십니다

어머니는 거울입니다
언제 보아도 예쁘다 말씀하시며
매일 아침 격려하고 용기를 주시며
나를 긍정하시는 영원한 멘토이십니다

어머니는 거울입니다
내가 멀어져도 눈을 떼지 않으시고

가까이 가도 나만 바라보시는
천년이 가도 변함없는 사랑의 화신

어머니는
그렇게 나의 어머니이십니다

어머니는 아침입니다

아침의 창문을
당신과 함께 엽니다

당신은 언제나
내 삶의 아침입니다

당신 때문에 새날이 오고
당신 생각에 새 아침을 맞습니다

당신만 생각하면
어둠은 벌써 뒷전으로 물러가고
나는 빛 가운데 서게 됩니다

당신이 계시기에
오늘 하루를 살아갈
희망의 빛과 용기의 실마리를 얻습니다

어머니
당신은 언제나
내 삶의 아침입니다

어머니가 남긴 것

사람은 이름을 남긴다지만
어머니가 남긴 것은 사랑이외다
그 사랑을 생각만 해도
나는 행복할 것이외다

어머니의 사랑을 가슴에 담고 살다가
그 사랑의 품에서 죽는다면
나는 행복할 것이외다

내 삶의 자취가 들풀처럼
사람들의 관심 밖에 버려진다 해도
어머니의 변함없는 사랑을 믿기에
나는 행복할 것이외다

어머니가 남기신 사랑의 유산으로
내 마음을 정성껏 가꾸어
향기 가득한 꽃동산을 만들 수 있다면

나는 행복할 것이외다

어머니가 남기신 사랑에 내가 행복한 것처럼
내 사랑의 둥지에서
또 한 사람이 행복할 수만 있다면
세상의 그 누구보다도
나는 행복할 것이외다

어머니의 하루

창밖을 서성이던 들 괭이의 울음소리
하늘을 가르고 천지를 울리던 번개와 천둥소리
밤의 고요함을 타고 귓가를 스친 칼바람 소리

어미이기에 잠 못 이루고 뒤척이던
그 고뇌의 밤이 어떻게 지나갔을까?

아무 일 없었다는 듯
태양은 또다시 떠오르고
어머니의 아침이 무표정과 함께 시작된다

푸른 하늘 중천을 달리는 맑은 해의 빛살과
울긋불긋 산과 가로수와 길바닥을 채색한 낙엽과
깃털처럼 다가와 입맞춤하는 바람의 속삭임에
어머니의 하루가 따뜻한 온기와 함께 부산하다

그러나

다시 오는 밤을 대비하듯
어머니의 저녁은 산허리에 걸린 해와 함께
석양의 그림자를 드리운다

어머니 주무시네

— 시조 3수首

1.

어머니 주무시네 팔베개 모로 누워
검은 눈 이마 위엔 주름 고랑 깊어 있고
땀방울 사랑 씨앗이 송송이 맺혀 있네

2.

가을 햇살 바람 타고 어미 머리 내려앉아
반짝이는 은별 물결 어둔 세상 밝혀주네
저 빛이 내 마음 밝혀 사람 되어 살아왔네

3.

꿈속에 누굴 만나 저리도 행복할까
입가에 번져가는 잔잔한 웃음 파동
고된 삶 잊으신 어미 단잠을 빌어보네

어머니의 강

당신의
조용히 읊조리며 흐르는 사랑의 속삭임
그 넓은 가슴에 안겨 철모르던 어린 시절
행복을 배웠습니다

당신의
약속의 언어를 타고 흐르는 믿음의 속삭임
그 강한 손에 이끌려 방황하던 젊은 시절
평안을 배웠습니다

당신의
폭포수 같은 확신으로 흐르는 희망의 속삭임
그 든든한 말씀에 업혀 슬픔 많은 인생살이
웃음을 배웠습니다

오늘도
깊이를 모른 채 흐르는 당신의 강물 소리는
세상 풍파 잠재우고 단잠을 재촉하는
영원한 사랑의 자장가입니다

어머니의 귀

106세 우리 어머니는
사람의 소리를 거의 알아듣지 못합니다
세상의 소리가 거의 들리지 않습니다

너무 청아하고 아름다운 천상의 소리가
귀를 가득 채우고 있기 때문입니다

천국 문에 거의 다다른 어머니는
귀가 먼 것이 아니라
세상 소리가 너무 멀어져 못 들으실 뿐입니다

아직은 천국이 멀다고 생각하고
세상에 집착하며 사는 어리석은 내가
어찌 어머니의 귀를
비정상이라 판단할 수 있겠습니까?

이 나이가 되도록

천국을 가까이하지 않고 살아서
세상의 소리가 너무 선명하게 들리는
내 귀가 병이 든 것입니다

인간들의 언어에 상처가 많은 것은
하나님의 말씀이 크게 들리지 않는
병든 믿음 때문입니다

106세 우리 어머니는
사람의 소리를 거의 알아듣지 못하십니다

천상의 하나님 음성으로
귀와 가슴을 가득 채우고 사시기 때문입니다

어머니의 눈물

어머니는 언제나 웃으셨습니다
나는 그 웃음이 무엇인지도 모른 채
따라 웃었습니다

어머니는 나만 보면 무엇이 그렇게도 좋으신지
안고 웃고 떨어져 얼굴 보고 또 안으며
계속 웃으셨습니다

그렇게 어머니는
웃기만 하는 분인 줄 알았습니다

어느 날 새벽
어머니는 기도하며 우셨습니다

잠결에 들려오는 어머니의 흐느낌은
간절한 기도 소리와 함께
내 심장에 비수를 꽂아 넣었습니다

어머니는
나를 웃게 하시려고
혼자 울음을 삼키고 사셨습니다

어른이 되어서야 깨달았습니다
혼자 우는 것이 사랑인 것을

어머니의 손등

어머니의 손등은
오랜 세월 비바람이 휩쓸고 간 폐허처럼
손톱은 아스러져 자취가 없고
엄지엔 검은 피멍이 자리하고 있다

어머니의 손등은
살갗 위로 튀어나온 푸른 빛의 정맥 줄기에
습기 없는 낙엽처럼 터지고 갈라진 피골皮骨에
뼈가 둑을 이룬 미라 같은 모습이다

어머니의 손등은
금욕과 절제로 진리를 찾아 헤매다가
득도得道의 경지에 올라 사랑의 화신이 된
어느 구도자의 메마른 손처럼 거룩하고 아름답다

어머니의 손등을 잡아 본다
거칠어지고 굵어진 손 마디 마디를 만져 본다

저 손이 나의 요람이었고
저 손이 나의 안식처였다

잔잔한 전율처럼
어머니의 손등을 타고 사랑이 느껴진다

어머니의 손 사랑

어머니와 함께 식사를 합니다
어머니의 손은
아직도 내리사랑을 멈추지 않습니다

내가 콩자반에 손이 가면
으레 어머니는 콩자반 그릇을 내 앞에 놓습니다

내가 나물에 젓가락질을 하면
어느새 발 없는 나물 그릇이 내 앞에 와 있습니다

돌고 돌아 결국 반찬 그릇이 원위치가 되어도
어머니의 손은 내리사랑을 멈추지 않습니다

때로 어머니의 사랑을 귀찮아하던 시간이 있었음을
후회하고 자책합니다

오늘도 멈추지 않는 어머니의 사랑의 손이

나를 먹이고
피를 돌게 하고
심장을 뛰게 합니다

오늘
어머니와 꼭 한 번 다시 저녁을 먹고 싶습니다
그 사랑의 손길을 다시 한번 느끼고 싶습니다

어머니의 마음

어머니의 마음은
자식이 오는 쪽을 향해 서 있다

기다림에 지쳐 체념이 무표정을 만들 때까지도
어머니의 눈동자는
탕자를 기다리는 아버지처럼
떠난 자식 돌아올 길을 응시하고 있다

자식이 어미를 까맣게 잊을지라도
어머니는 숯덩이처럼 타들어 가는 마음으로
품엣자식 가슴에 안고
오늘도 기다림의 자리를 지킨다

어머니! 당신의 이름은

어머니!
당신의 이름은
누구에게나 가장 소중한 느낌이지만
내게는 더없이 가슴 떨리는 전율입니다

어머니!
당신의 이름은
누구에게나 고귀한 언어이지만
내게는 살아 있는 감동의 메아리입니다

어머니!
당신의 이름은
까닭 없는 외로움이 엄습하고
숨겨둔 눈물이 시야를 가릴 때
마르지 않는 위로의 근원이요 기쁨의 샘물입니다

어머니의 이름은 엄마입니다

어머니는 이름이 없습니다
나는 어머니의 이름을 불러본 적이 없습니다
어머니의 이름은 엄마이고
그 의미는 사랑입니다

사랑이 목마르게 그리울 때는
"엄마!"라는 이름을 불러봅니다

부르다 웃고
다시 부르다 울고
또다시 부르다 잠이 듭니다

어머니의 사랑에 팔베개하고
심포니보다 더 웅장한 심장의 울림을 들으며
깊고 깊은 잠을 잤습니다

힘들고 지친 육신과 영혼이 오랜만에

참으로 오랜만에
안식과 행복을 느껴보았습니다

어머니는 이름이 없습니다
어머니의 이름은 엄마이고
그 의미는 사랑입니다

어머니와 함께 시작하는 하루

새벽이 나를 깨워 사랑을 부르네
그리움에 아릿한 가슴으로 하루를 시작하네

짙은 안개 낀 여명黎明의 시간
그 옛날 새벽에 들리던
어머니의 눈물 어린 기도를 귓가에 담고
경험하지 못한 미지의 시간을
호기심 어린 눈초리로 조심스럽게 두드리며
하루를 시작하네

어머니 때문에

웃을 일이 없는 삭막한 세상에서
오늘 내가 왜 웃나 했더니
어머니의 사랑을 기억하기 때문입니다

마음속에 엉긴 괴로운 사연에
오늘 내가 왜 우나 했더니
어머니의 위로를 바라기 때문입니다

메마른 바삭한 낙엽처럼
웃음도 울음도 없는 무표정이더니
어린아이처럼
오늘 웃기도 하고 울기도 하는 것은
어머니의 자식이기 때문입니다

어머니 때문에
내가 사람으로 살고 있습니다

어머니의 천국

천국에는 기도가 없겠지요
죄 많은 육신의 욕망을 벗어버리고
주님을 만나 모든 소원을 다 이루었을 테니까요

천국에는 헌금도 없겠지요
육신의 수고로 얻은 동전이 아니라
신령한 몸이 제물 되어 주님 앞에 드려졌으니까요

천국에는 설교도 없겠지요
인간의 서투른 언어와 부족한 지식의 말이 아닌
주님이 하시는 말씀을 항상 대하고 사니까요

천국에는 봉사도 친교도 전도도 없겠지요
주님과 함께 매일 잔치하며 교제하며 사는
구원받은 무리가 함께 영원히 어울리니까요

천국에는 찬송만 있겠지요

주님을 매일 높이고

주님께 매일 감사하고

주님의 영광을 매일 노래하는 나라니까요

어머니의 유산 중 가장 귀한 것은

부르시던 찬송 소리입니다

106세 우리 어머니는 오늘도

천국 가서 부르실 찬송을 연습 중이십니다

어머니는 영원히 살아계십니다

절망의 끝에
희망을 되찾게 됨은
어머니의 손길 때문입니다

슬픔의 끝에
눈물을 거둘 수 있음은
어머니의 위로 때문입니다

세상만사 뜻대로 안 되어도
담담하게 기다릴 수 있음을
어머니의 기도 때문입니다

어머니의 존재감이 영원하기에
오늘의 불같은 시련과 역경도 반드시
지나가고 스러져갈 것입니다

어머니는

내 마음에

내 생각에

내 심장에

내 일상에

영원히 살아계십니다

107돌 어머니 생신에

야곱처럼 비록
130년은 아니지만
일백의 해를 넘어
일곱 해를 더하여 사신 우리 어머니는
장수의 복을 누리셨습니다

야곱 못지않게
험악한 세월을 보내신 우리 어머니는
일제강점기
육이오 전쟁
피난 생활
가난과 싸워야 하는 한 많은 나날 속에서도
믿음을 지켰습니다

야곱보다 많은
82명의 후손을 슬하에 두신 어머니는
우리 자식들의 믿음의 조상입니다

야곱처럼
자식들 후손들 가정 하나 하나
어머니의 손을 들어 축복해 주세요
어머니의 마음을 모아 기도해 주세요

요셉 같은
훌륭한 자식은 없을지라도
어머니의 후손임을 자랑스러워하는
자녀와 손주와 증손 고손의
진심 어린 존경과 사랑의 마음을 담아
큰 절 올려 드립니다

어머니!
사랑하고 존경합니다
어머니의 믿음의 유산을 받들어
하나님 잘 섬기며 살겠습니다

어머니의 후손 82명 여기에 적습니다.

아버지 故문규명 어머니 최성순
文奎明　　　　崔聖恂

(원적: 평안북도 용천군 동하면 용산리 282)
原籍　平安北道　龍川郡　東下面　龍山里

(장녀)문현숙과 (사위)故김학곤

(손녀)김경자+(손사위)故조인제 (증손녀)조인경+(증손사위)이광희
(고손자)이재현
(증손녀)조숙경+(증손사위)엄태준
(고손녀)엄소희
(손자)김진관+(손자부)김미화 (증손자)김준형
(증손자)김준표+(증손자부)이경진
(손녀)김경숙+(손사위)고규석 (증손녀)고은지+(증손사위)윤성준

(차녀)문은숙과 (사위)故김철수

(손녀)김신애+(손사위)정진표
(손자)김훈경+(손자부)전혜영 (증손자)김이삭 김연수

(삼녀)문영숙과 (사위)故마종금

(손녀)마계하+(손사위)김하곤 (증손녀)김윤정+(증손사위)박찬
(고손자)박빛
(손자)마계성+(손자부)최은주 (증손녀)마예지 (증손자)마예준
(손자)마창성+(손자부)최미나 (증손자)마성현 (증손녀)마성희
(증손자)마민준
(손녀)마창은+(손사위)류길현 (증손녀)류희원 류희진

(사녀)문명숙과 (사위)조홍희

(손녀)**조근아**+(손사위)**구정민** (증손녀)**구나연** (증손자)**구대현**
(손녀)**조근영**+(손사위)**이정오** (증손녀)**이지선 이지수**
(손녀)**조수영**+(손사위)**이창익** (증손녀)**이희연 이지민**
(손자)**조용훈**+(손자부)**권향미** (증손녀)**조윤주 조윤서**

(장남)문성남과 (자부)이용순

(손녀)**문일지**
(손녀)**문수지**+(손사위)**이정일** (증손녀)**이소율 이지율**
(손자)**문일수**

(차남)문성모와 (자부)김은유

(손녀)**문예인**+(손사위)**박동욱** (증손자)**박주헌**
(손녀)**문예지**+(손사위)**전태수** (증손자)**전온유**
(손자)**문은성**

어머니라는 몸의 무늬와 주름들에게
오래오래 말하기

최문자

어머니라는 몸의 무늬와 주름들에게 오래오래 말하기

최문자

(시인)

1

시의 기쁨과 매혹에 사로잡힌 한 사람이 있다. 문성모 시인은 어쩌다 시인이 되었을까? 그의 본래 전공은 음악이고 작곡이다. 서울예고와 서울대 음대를 졸업하고, 수많은 찬송가와 아름다운 곡들을 썼다. 그는 또한 목사로서 신학대학교 총장을 14년 동안 성공적으로 역임한 사람이다. 그가 음악학자와 예배학자로 남긴 저서와 논문과 강연도 대단한 업적이다.

이런 그가 어쩌다 늦깎이 시인이 됐을까? 이 시집은 벌써 그의 네 번째 시집이다. 문성모 시인의 말로는 찬송가를 작곡하고 가곡을 쓰면서 하도 시를 많이 대하다 보니 저절로 시에 매료되었고, 노트에 끼적이기 시작하게 되었다고 한다. 그 말에 공감이 간다.

시는 누가 시킨다고 써지는 것이 아니다. 시를 쓴다는 것은 쓰기의 자발적 구속이고 하염없는 투신이다. 더 강렬하게 표현하자면 불가피한 피의 요청이라 할 수 있다. 쓰려는 힘은 고정되어 있지 않고 계속 움직이는 그 무엇이 있어야 써진다. 우리 몸에 관한 시적 사유들도 그에 따라 계속 움직인다. 최근 몸에 관한 담론은 90년대 이후 육체성으로 흐르려는 경향에 대하여 반성적 의도를 보이면서 새롭고 다양한 무늬와 주름과 풍경이 몸에 새겨지고 있다.

문성모 시인의 이번 시집은 107세 생신을 맞이하는 어머니라는 존재가 문성모라는 아들의 몸에 각인된 것들을 흔들어낸 결과이다. 즉 문성모 시인의 이런 몸의 요청에 의한 것이라고 볼 수 있다. 이 시집은 누구에게 헌정한다는 면에서 세 번째 시집과 같은 연장선에 있으면서도 이미 출간된 시집과는 달리 어머니라는 절절한 존재를 시간과 공간의 울타리를 넘어서는 시적 가능성 속에서 끝까지 화두로 삼고 있다. 어머니라는 존재는 고도로 예민한 현대사회에서도 시인에게 물고기의 몸에서부터 부드러운 나비의 몸으로 형태를 바꾸기도 하고, 때로는 지나치게 격렬하고 딱딱한 시간과 격돌하며 다가오기도 한다.

그러나 문성모의 시들은 어머니라는 존재가 마음과 몸, 강제로 양극화된 접점에서 몸이 난무하는 풍경 속에서 몸으로 말하되 어떤 방식으로 말할 것인가를 갈등하고 고통스러워한다. 드물게도 그는 자율적 양식의 몸 자취를 남긴다. 문성모의 마음과 몸 사이에는 가로지르는 심연이 존재한다. 그럼에도 불구하고 어머니라는 존재는 결국 하나의 고립된 섬으로 남게 된다는 사실과, 섬과 섬을 연결시켜 줄 것은 아무것도 없다는 사실로 인해 시인은 어머니를 위해 몸을 비우면서도 몸에 새겨진 징벌들을 시로 표현할 수밖에 없다.

시인인 아들의 눈으로 보면 어머니는 보이는 곳마다 흉터이다. 그리고 돌아보면 여전히 그 각각의 고통스런 몸의 무늬들과 주름들이 어머니를 만들고 있다. 시인은 어머니의 이런 몸의 무늬와 배경을 타자에게 드러내기 원하며 수십 편의 시를 썼다. 사실은 시집 전체의 시가 모두 몸이라는 제목을 달고 쓰여졌다고 해도 무방할 만큼 몸에 각인된 무늬와 주름들, 이제는 정물로 존재하고 있는 어머니를 좀 더 자세히 투시하면서 안팎이 상세하게 그려지기를 요청하고 있다.

문성모 시인은 2009년 『미완성 교향곡』이란 첫 시집을 출간했고, 2012년 『식스포르테6 Forte』의 노래』라는 두 번째 시집, 2017년 『아내를 위한 세레나데』, 그리고 2022년 이번엔 어머니에게 헌정하는 네 번째 시집을 출간하였다. 제1, 2 시집이 시인의 본래 전공인 음악이 바탕이 되었다면, 제3 시집은 그동안 삶의 동반자로 살아온 아내의 60회 생일인 회갑을 기념하여 아내에게 선물하는 시집이 되었고, 이번에 출간되는 제4 시집은 어머니의 하염없는 사랑에 감사하여 107세 생신을 맞이하는 어머니께 바치는 시집이다.

얼마 전 나는 문성모 시인으로부터 그의 어머니에 관한 이야기를 들은 바 있다. 107세라는 나이에도 꼿꼿한 정신력과 돋보기를 쓰지 않아도 성경을 읽을 만한 젊은 사람 이상의 시력을 가지고 계신다는 것이다. 몇 년 전 모시고 있던 누님 가족이 피검사를 했는데, 107세 되신 어머니의 피가 그중 가장 깨끗하였다는 이야기도 들었다.

인간의 삶이란 체험의 연속에 의해서 짜여진다. 본인의 육신이 감각적으로 직접 체험한 것, 그것은 외부의 자극에 대한 주체와 객체의 상호작용이며 주체의 반응이다. 의외의 발견, 기쁨, 절망, 인생의 깊이 등을 새롭게 들여다보고 다양하게 체험할 수 있는 것들이 건강한 몸으로 재탄생된다. 이 추체험에서 감동(신앙)이 주는 힘으로 커다란 하나의 에너지를 발휘하게 된다. 몸은 인식에 의해서 추체험하게 된 것의 재구성이며 재 종합인 것이다.

2

문성모의 시에는 낯선 느낌이나 모순, 부조리를 상연하지도 않고 이항 대립은 잘 찾아지지 않는다. 현대시에 접점이 될 만한 지점도 없다. 사실적 표현이 많다. 사실적 표현이 많은 것은 불필요한 관념의 흐름을 막고 과도한 감정의 표출을 줄일 수 있다고 하나, 후자의 것은 감정 표출이 때로는 넘쳐나기도 한다. 감정의 호소는 무기력하다. 시인은 제어할 능력이 있어야 좋은 시를 쓸 수 있다. 사실 바깥의 메타적 진실이 필요하다. 정시의 1인칭 문법이 내면과 이념과 고백이라는 근대적 형식으로 구축된다는 것은 이미 알려진 사실이다. 한편 문성모의 시 중에서 기독교적 요소는 사실적인 표출을 절제하며 나타난다. 이를 그대로 드러내지 않고 혼잣말, 혼자 꾸는 꿈의 형식을 빌어서 끌어내고 있는 일련의 시들이 발견된다.

이 시집 1부는 문성모 시인의 어린 시절, 시인과 어머니와의 추억과 경험들이 주된 주제이고 2부는 '사모곡'이라는 제목을 달고 있다. 그리고 3부는 '어머니가 남긴 것'이라는 주제로 구성되어 있는데, 3부에 모아진 시들의 제목을 살펴보면, 어머니의 서시序詩, 어머니가 아프다, 어머니는 거울입니다, 어

머니는 아침입니다, 어머니가 남긴 것, 어머니의 하루, 어머니
주무시네, 어머니의 강, 어머니의 귀, 어머니의 눈물, 어머니
의 손등, 어머니의 손 사랑, 어머니의 마음, 어머니! 당신의 이
름은, 어머니의 이름은 엄마입니다, 어머니와 함께 시작하는
하루, 어머니 때문에, 어머니의 천국, 어머니는 영원히 살아계
십니다, 107돌 어머니 생신에, 등 온통 어머니라는 단어로 채
워져 있다.

이 시인에게 어머니에 대한 관심과 사랑은 순간으로 나타났
다 사라지는 감정이 아니다. 이 시집은 헌정 받는 어머니에게
나 헌정하는 시인과 82명의 자녀, 손주, 증손, 고손들 모두에
게 최고의 기억으로 남는 책이 될 것이다.

아침의 창문을
당신과 함께 엽니다

당신은 언제나
내 삶의 아침입니다

당신 때문에 새날이 오고
당신 생각에 새 아침을 맞습니다

당신만 생각하면

어둠은 벌써 뒷전으로 물러가고

나는 빛 가운데 서게 됩니다

　　　　　　　　　─「어머니는 아침입니다」부분

어머니는

내 마음에

내 생각에

내 심장에

내 일상에

영원히 살아계십니다

　　　　　　　─「어머니는 영원히 살아계십니다」부분

　문성모 시인의 삶에서 어머니는 체험의 연속에 의해서 기억
된다. 본인의 육신이 감각적으로 직접 체험한 것, 그것은 외부
의 자극에 대한 주체와 객체의 상호작용이며 주체의 반응이
다. 대부분은 이 체험이 시적 대상과 일정한 거리를 유지하는
경우도 있다. 그러나 문성모 시인은 적당한 거리를 유지하면
서 바라보지 않고 외적 체험을 내적인 것으로 끌어들여 시인
의 내부에서 새롭게 재생산하여, 어머니를 '아침'이라는 전혀
다른 모습으로 내보이고 있다. 시인에게는 바로 이런 체험의
재생산이 필요하다. 그 재생산된 체험을 통해서 사물과 사건,
사상을 분석하고, 비교하고, 종합할 때 그 변용된 세계는 시인

에게 새로운 감동의 대상이 되는 것이다. 이는 원체험보다 상
상의 폭이 넓어 문학성이 훨씬 높기 마련이다.

　　　어린 시절 어머니 등에 업혀
　　　비스듬히 지나가는 세상을 바라보았습니다

　　　어머니만 한 눈높이에서
　　　세상을 보며 두려움이 없었습니다

　　　세상은 내 발밑에 있었고
　　　사람들은 나를 중심으로
　　　웃기도 하고 손뼉을 쳤습니다
　　　　　　　　　　　　　　　―「어머니 등에 업혀」 부분

어머니는 새벽기도회에 갔다 오시면
가마솥에 장작불로 아침밥을 지으시며
찬송을 부르셨다

부엌에서 안방으로 밥상을 들이기 위해 만든
작은 쪽문 틈으로 새어 나오는
매일 새벽 어머니의 찬송 소리는
잠결에 들리던 천상의 음악이었다

—「어머니의 새벽 찬송」 부분

106세 우리 어머니는
사람의 소리를 거의 알아듣지 못합니다
세상의 소리가 거의 들리지 않습니다

너무 청아하고 아름다운 천상의 소리가
귀를 가득 채우고 있기 때문입니다

천국 문에 거의 다다른 어머니는
귀가 먼 것이 아니라
세상 소리가 너무 멀어져 못 들으실 뿐입니다
—「어머니의 귀」 부분

어머니만 한 눈높이에서/ 세상을 보며 두려움이 없었습니다
어머니의 등에 업히면 시인의 세상은 어느 세상보다 높아
보였으며 가장 편안하고 안전한 곳으로 인식된다.

문성모의 시들은 무의미해 보이는 일상의 사물을 치밀하게
묘사하는 극사실주의 관점으로만 읽어낼 일이 아니다. 문성모
의 시들은 가난했던 유년 시절의 체험에 대한 기억을 회한과
그리움이 섞인 방랑자의 목소리로 들려주는 것으로 끝나지 않
고, 어린 시절의 가족사에 얽힌 개인적 회상을 재료로 하여 아

름다운 추억을 빚어내는 창조적 회복의 단계까지 발전시킨다.

파스칼 키냐르는 그의 저서 『은밀한 생』에서 "영혼을 가진 다는 것은 비밀을 가진다는 것을 의미 한다"라고 했다. 그러나 한 편의 시가 아름다운 영혼을 가진다는 것은 정말 귀하고 어려운 일일 것이다. 시인마다 시의 비밀을 가지고 있다. 시의 비밀은 이처럼 언어-사회에서 벗어나는 강력한 운동이자 힘 이다. 시인이 시 속에서 거침없이 큰 목소리를 낼 때 비밀은 피로와 패배감 무기력 이질적인 왜소함을 알아보지 못하게 얼른 지워버리고 시 속에 비밀을 담지 못한다.

한 편의 시를 여러 번 깊이 읽었을 때 그래도 여전히 단일한 의미와 단일한 해석이 내려진다면 그 시는 비밀을 갖지 못한 것이다. 시인은 자신이 써낸 시 속에 비밀 없음에 대하여 깜짝 놀라야 한다. 시인이 원하는 시의 은은한 파격, 적절한 카오스 는 비밀에서 나온다.

문성모의 시들은 많은 경우(어머니께 바치는 시집이란 특수 상 황이긴 하지만) 그 뿌리가 어머니를 향한 서정성에 있다. 또 그 의 시는 끊임없이 어머니가 계시거나 계셔야 할 곳까지, 그곳 을 향해 항해하면서 그리워한다. 그 까닭은 시인은 맑고 아름 다운 삶과 사랑을 꿈꾸며 경쾌한 목소리를 갖고 싶지만 언제 나 현실은 이와 상반되고 어둡고 중요한 것들을 잃게 되기 때 문이다. 그의 시의 여정은 경쾌하기까지 한 아이러니와 풍자 의 세계에서 아름답고 향기로운 사랑에 대한 동경을 통과하면

서도 결국은 실의로 얼룩진 어두운 일상과 고향 유년으로 전
개되는 시적 탐구의 여정이기도 하다.

어머니가 뛴다
뛰고 또 뛰었다
어린 아들 업고
달려오는 기차와 속도전을 벌이며 뛰었다

그렇게나 멀리서 보이던
콩알만 한 기차가
벌써 코앞이다

기관사의 욕 하는 소리
어머니의 거친 숨소리

그야말로 간발의 차이로
어머니는 기차보다 앞서
건널목 저편으로 나뒹굴었다
　　　　　　　　　　　—「기찻길 건널목」 부분

어머니의 손목에는
네모난 시계가 채워져 있습니다

어머니는 가끔

무표정한 얼굴로 시계에 밥을 주었습니다

어머니의 시계는

일주일에 한 번은 세워놓고

비뚤어진 시간을 맞추어야 했습니다

어머니의 마음에는

모난 자식의 시계가 채워져 있습니다

어머니는 삼시 세끼

웃는 얼굴로 자식에게 밥을 주었습니다

…(중략)…

엇나간 마음을 바로 맞추어야 했습니다

어머니는 고장 난 시계를 버렸지만

못난 자식은 버리지 않고

ㅡ「손목시계」 부분

어머니와 함께 윷놀이하면

단번에 끝장이 났다

져주면서 이기는 사랑을

어머니에게서 배웠다

　　　　　　　　　　　　　　—「윷놀이」 부분

　어머니는 남의 아픈 곳을 만지고 구원으로 이끌어주는 목사
로 아들을 양육하고 성장시켰으나 막상 어머니의 아픈 곳은
아무에게도 말하지 못하였다. 시인의 기억 속에 어머니는 건
널목 위기에서도 자신이 몸을 던져 아들의 위기를 모면해주
고, 고장 난 시계처럼 갈 길을 가지 않고 서 있거나 제 역할을
잘못해 낼 때도 시계에 밥을 주듯 늘 살피고 격려하고 용기를
주며 옆에서 힘이 되었고, 하찮은 윷놀이에서까지 져주기를
자처하는 어머니였다. 시인은 이러한 어머니에 관한 잊혀진
추억을 시로 부활시켜 영원히 지워지지 않는 기억으로 남기고
싶어 했을 것이다.

　이러한 시들을 무의미해 보이는 일상의 사물을 치밀하게 묘
사하는 극사실주의 위에서만 읽어낼 일이 아니다. 통속적 시
선으로는 잘 보이지 않지만 문성모의 시에는 어머니의 적지
않은 고통이 매복되어 있다. 이 고통이 숨어 있는 곳은 심오하
거나 공교로운 수사가 아니더라도 시인이 쓰는 시에서 고통의
톤을 느낄 수 있다.

3

시인에게 묻는 허망한 질문들이 있다. '시란 무엇인가' 라든가 '시적이라는 것은 어떤 것인가' '시는 왜 쓰는가' 라고 묻는 것들이 다 그렇다. 참으로 막막하고 막연하고 방대한 물음들이다. 또한 시인들을 괴롭히고 강제하는 질문이기도 하다. 오히려 대답보다 더 많은 질문과 문제들이 산재하기 마련이다. 시인은 이러한 근원적이지 못한 질문 말고도 이미 수없이 언어에게 배반당하고 미끄러지고 감동이 엇나가는 실패를 맛본 사람들이다. 시인이 어떤 이들에게 말하고자 할 때 '나'에 대해 말하는 것처럼 따분한 일은 없다. 다 말해버리는 고백 또한 심드렁하다. 이들 자체가 매혹적인 비밀을 다 말해야 하므로 이미 비밀은 사라졌기 때문이다.

4

조재룡 평론가는 고백에 대하여 이렇게 말하고 있다. "고백은 한없이 슬픔이 차오르는 순간이나 눈물이 흘러내리는 감정의 고조 상태에서 새어 나오는 말은 아니다. 고백은 오히려 눈물 나게 던져도 하얗게 죽지 않는 순간을, 그러니까 발명하게 되는 '기도'와도 같다."

이 시집은 어머니를 사랑한다는 오래오래 하고 싶은 말들을 고백의 형식을 차용하여 시로 쓰고 있다. 고백은 따라서, 이중 구조 속에 갇힌다. 고백은 도래할 수 없는 것들에게 입을 달아주며 모종의 약속을 표명하는 행위이며 기도가 항용 그러하듯, 몸 안에서도 몸 밖에서도 "실패"로 귀결될 것을 알지만, 그럼에도 이 반복되는 실패 속에서 그 가능성을 타진하겠다고 되풀이하며 건네는, 그렇게 약속하며 앞으로 투사하는 말이다.

고백의 성분은 실패의 원자들로 구성되어 있으며, 이는 인간 고유의 성질에 속한다. 고백은 특히 '믿음', '마음', '느낌', '예감'의 언어적 실천에 깊이 관여한다. 사랑은 대부분 고백이라서 수행-실천적 의미를 담고 있다. 이성보다는 '마음'이나 '느낌'이 고백의 기원이다.

한국시의 새로운 경향을 이끌었던 2010년대 시적 발화들이 다양한 형태의 실험에 열중하고 있다. 말과 사물의 질서를 해체하면서 느닷없이 예외의 시들이 출몰하는 이 시점에서 어느 독자는 "이 시집은 처음부터 문학을 전공하고 시를 쓰는 젊은 시인들과는 어떤 차별성을 가질 수가 있다,"라는 생각을 가질 수도 있다. 그러나 시의 어떤 근원적인 것들은 공유될 부분이 상당히 있다. 앞으로 문성모 시인이 우리가 앓고 있는 익명의 통증을 시로 쓰면서 깊고 넓은 무위의 시인으로 활약하는 모습을 기대해 본다. 시는 실패의 산실이지만 실패하는 순간마다 거기서 무엇인가 태어난다. ▨

| 문성모 |

1954년 대전 출생. 시집으로 『미완성 교향곡』『식스포르테6 Forte의 노래』『아내를 위한 세레나데』가 있다.

이메일 : msm07mjf@gmail.com

현대시 시인선 228

어머니 우리 어머니

초판 인쇄 · 2022년 2월 23일
초판 발행 · 2022년 2월 28일
지은이 · 문성모
펴낸이 · 이선희
펴낸곳 · 한국문연
서울 서대문구 증가로 31길 39, 202호
출판등록 1988년 3월 3일 제3-188호
대표전화 302-2717 | 팩스 · 6442-6053
디지털 현대시 www.koreapoem.co.kr
이메일 koreapoem@hanmail.net

ⓒ 문성모 2022
ISBN 978-89-6104-310-6 03810